# DA PULSÃO AO CORAÇÃO
## A FACE POÉTICA DE UMA ANÁLISE

Editora Appris Ltda.
1.ª Edição - Copyright© 2022 da autora
Direitos de Edição Reservados à Editora Appris Ltda.

Nenhuma parte desta obra poderá ser utilizada indevidamente, sem estar de acordo com a Lei nº
9.610/98. Se incorreções forem encontradas, serão de exclusiva responsabilidade de seus organizadores. Foi realizado o Depósito Legal na Fundação Biblioteca Nacional, de acordo com as Leis nos
10.994, de 14/12/2004, e 12.192, de 14/01/2010.

Catalogação na Fonte
Elaborado por: Josefina A. S. Guedes
Bibliotecária CRB 9/870

| | |
|---|---|
| R788d<br>2022 | Rosa, Christiane Pinto<br>    Da pulsão ao coração: a face poética de uma análise /<br>Christiane Pinto Rosa. - 1. ed. - Curitiba: Appris, 2022.<br>    67 p.; 21 cm.<br><br>    ISBN 978-65-250-2878-1<br><br>    1. Ficção brasileira. 2. Poesia brasileira. 3. Desejo. I. Título.<br><br>CDD – 869.3 |

Livro de acordo com a normalização técnica da ABNT

**Appris**
*editora*

Editora e Livraria Appris Ltda.
Av. Manoel Ribas, 2265 – Mercês
Curitiba/PR – CEP: 80810-002
Tel. (41) 3156 - 4731
www.editoraappris.com.br

Printed in Brazil
Impresso no Brasil

Christiane Pinto Rosa

# DA PULSÃO AO CORAÇÃO
## A FACE POÉTICA DE UMA ANÁLISE

## FICHA TÉCNICA

**EDITORIAL**
Augusto V. de A. Coelho
Marli Caetano
Sara C. de Andrade Coelho

**COMITÊ EDITORIAL**
Andréa Barbosa Gouveia (UFPR)
Jacques de Lima Ferreira (UP)
Marilda Aparecida Behrens (PUCPR)
Ana El Achkar (UNIVERSO/RJ)
Conrado Moreira Mendes (PUC-MG)
Eliete Correia dos Santos (UEPB)
Fabiano Santos (UERJ/IESP)
Francinete Fernandes de Sousa (UEPB)
Francisco Carlos Duarte (PUCPR)
Francisco de Assis (Fiam-Faam, SP, Brasil)
Juliana Reichert Assunção Tonelli (UEL)
Maria Aparecida Barbosa (USP)
Maria Helena Zamora (PUC-Rio)
Maria Margarida de Andrade (Umack)
Roque Ismael da Costa Güllich (UFFS)
Toni Reis (UFPR)
Valdomiro de Oliveira (UFPR)
Valério Brusamolin (IFPR)

**ASSESSORIA EDITORIAL**
Manuella Marquetti

**REVISÃO**
Isabela do Vale Poncio

**PRODUÇÃO EDITORIAL**
William Rodrigues

**DIAGRAMAÇÃO**
Bruno Ferreira Nascimento

**CAPA**
Eneo Lage

**REVISÃO DE PROVA**
Bianca Silva Semeguini

**COMUNICAÇÃO**
Carlos Eduardo Pereira
Karla Pipolo Olegário

**LIVRARIAS E EVENTOS**
Estevão Misael

**GERÊNCIA DE FINANÇAS**
Selma Maria Fernandes do Valle

*Aos meus filhos, pais, irmãos, analistas,*
*amigos e quem se atrever a ler.*

Certo dia li em algum lugar que ler é instrumento para quem escreve, até concordei, em partes, mas escrever é para quem se atreve. Como tudo na vida há de se ter uma porção de atrevimento, atrever é conquistar-se, atrever é despojar-se, atrever é por vezes acreditar no melhor de si. Quem sabe não é esse que você teme que apareça, o que vai te levar além do que consegue enxergar. Vai te impulsionar na marra e te arrancar as amarras.

Numa tarde dessas de véspera de Natal, recebi um desenho de um amigo da época da faculdade, via WhatsApp. Ele havia prometido. A história não é longa, mas não necessita de ser descrita, não a nossa história de amizade, a história do desenho. Sintetizando, ao receber, agradeci e lhe enviei um poema. Em resposta, me disse que deveria escrever um livro, respondi que já havia começado e escrito meia página. Óbvio que foi motivo de risos. A conversa encerrou, mas o poema ficou!

Mas a criatividade,

Só não precisa de razão.

É como um pássaro em voo,

Um peixe no mar,

Um raio de sol,

A luz do luar.

Não é algo que se aprende,

Pode até se lapidar.

Mas é tudo que se invente,

No tempo que durar.

Pois bem, aqui estou eu pela primeira vez atrevendo a fazer algo que se parece comigo. Como tudo que é feito pela primeira vez deve ser iniciado, se não nunca existirá, vou me aventurando e vendo o que surge, talvez será uma surpresa até para a minha pessoa. Se haverá uma segunda ou última vez, nem imagino, se vou me dar prazo para acabar, a princípio não. Se bem que olhando a minha trajetória de afazeres, era considerada "The Flesch" na época da faculdade de odontologia que cursei e ainda exerço a profissão. Meus pais batalharam muito para pagar os meus estudos e dos meus irmãos.

Na faculdade eu era a primeira a entregar quase todas as provas e conseguia copiar até o "cuspe" do professor na sala de aula. Minha primeira analista me disse que sou hiperativa, palavra em "voga" ultimamente, mas não discordei dela sobre isso. Na verdade, não discordei de quase nada das poucas palavras que ela me disse.

Não sou do tipo que começo algo e deixo pela metade. Até queria me cobrar menos sobre algumas coisas que pretendo fazer. Agora melhor, mas ainda responsável demais. Entretanto, já consigo deixar de varrer e limpar poeira da casa um ou outro dia da semana: conquista! Mas pelo que conheço de mim, não vou sossegar enquanto não ver o escrito finalizado. Foi assim com os poemas, a pulsão era mais forte que eu. A cada livro que lia ou algo que observava de mim ou do externo, vinha um lampejo em forma de rima e lá estava eu escrevendo. Só que no mesmo sentido, relembrei que gostava de ler poemas na adolescência e adorava ouvir os trovadores na feira de Arapiraca, onde morei dos 14 aos 16 anos e ainda ouvia a minha avó paterna, com sua face lúdica rimando com trava línguas. Mas não imaginava que poderia escrever, isso foi realmente novo para mim. Trouxe ritmo para minha vida.

Esse ritmo me embala, deve parecer com o ritmo da maternagem, do olho no olho do toque no toque do embalar do berço que envolve os sonhos da criança, da continência maternal necessária para a formação da pele psíquica do ser em desenvolvimento. Enfim, agora na fase adulta, transcrevo esse ritmo em palavras, faço o meu próprio embalo, sou meu continente acolhedor, dou um colinho e aconchego para minha criança interior.

Me atento ao ritmo

Sem perceber.

Esse mesmo ritmo

Que deve haver,

Na troca de um ser

Com outro ser.

Do olho no olho,

Do toque no toque,

Do aconchego no laço,

Dos braços no abraço.

Do berço que balança

Que embala os sonhos

Da criança.

É o ritmo da maternagem,

Que ofereço a minha criança

Interior.

Agora que cresci,

Sou meu continente

Acolhedor.

Concordo com a máxima que devemos começar pelo simples, pois é ele que nos leva ao atrevimento de algo maior. A paixão do início se transforma em amor. Acho que a paixão nos impulsiona e o amor nos direciona.

Contudo, entretanto, todavia, não há via certa para quem dá uma de poeta ou escritor. Deve-se ao inconsciente, e com ele a gente entra em acordo. Pretendo não discordar muito, mas provavelmente devo falhar em algumas frases ou parágrafos. Estou aceitando que falhar faz parte da vida e que como humanos temos sim esse direito, pois no meu entender, são com as falhas que evoluímos, são com as incertezas que criamos coragem para experimentar o novo, são com os tropeços que muitas vezes acertamos, por hora, o passo. Digo por hora, pois nada nos impede ou não deveria impedir de recomeçar quantas vezes permitirmos a nós mesmos, sem culpa, sem medo de errar. Simplesmente deixar fluir.

Deixar fluir...

Deixar livre lá de dentro...

O pássaro não força seu canto.

A borboleta não força seu voo.

O mar flui em seu vai e vem.

As estações renovam seus ciclos.

Um verso não sai só com intenção.

Deixar fluir é liberar o movimento.

É como correr com vento...

É sentir a emoção...

É libertar o coração!

Quase sempre não programo aonde quero chegar (que os filósofos Estoicos não me ouçam). Sou do tipo que faço e pronto, se der deu, se não, serviu de aprendizado. Não que não haja um "quê" de angústia, pelos percalços do caminho. Na verdade, não crio expectativa. Faço porque acredito (boa defesa ante o sofrimento).

Estou em meio a um chá gelado de maçã, açaí e canela, é verão e resolvi que gosto de chás gelados, invento alguns, às vezes. Sobretudo, ultimamente, estou mais curiosa que antes. Isto não vem de agora, me lembro de uma cena em que aos 11 anos, uma colega, na saída da escola, falou meio brava comigo: "quem manda você ser curiosa". O motivo do dito, não me recordo. Acho que guardei a partir desse momento, muitas das minhas curiosidades num cofrinho interno e que vieram à tona no divã do analista ou da minha primeira analista.

Não pretendo aqui partir para questões ou falas metapsicológicas, filosóficas e afins a este respeito, só escrever e isto já me basta.

Nunca imaginei navegar por esses mares, ou ares. Se me perguntarem por que fui fazer análise, ou para a psicanálise, vou responder, por curiosidade, só isso. Certo dia, estava eu no consultório de uma amiga de trabalho, a qual estava no final de um curso de formação em psicanálise Freudiana e essa, me fez um teste de associação livre. Puts! Na hora eu falei: como assim, tudo bateu ou chocou com meu momento atual vivido naquela época. Simplesmente perguntei como era o curso, achei interessante e fiz a matrícula. Estava precisando de algo novo fora da minha formação profissional. Sempre que falava sobre isso, já afirmava que se resolvesse estudar algo novamente, não seria na odontologia e por fim, o dito se cumpriu.

Não sabia nada do que se tratava, nunca havia entrado num consultório de psiquiatria, ou psicologia e muito menos, nunca havia ouvido falar em psicanálise. Então justifico, conscientemente, que foi por curiosidade ou para quem acredita em destino, serve esta hipótese também.

Passado algum tempo essa mesma amiga me disse que eu era bem resolvida. Como assim? Me acham bem resolvida e eu nem sei. Perguntei o porquê e ela me respondeu sobre o curso de psicanálise, falei e fiz. Isso explica um pouco da questão de como as pessoas nos enxergam e de como nós não nos enxergamos. Passamos batidos de nós mesmos e nem percebemos. Passamos batidos da vida e nem notamos.

Muitas vezes nem sabemos ao certo o que estamos procurando, mas só encontraremos se procurarmos, pois, a vida é movimento. Dentre as coisas que aprendi nesse novo período, é que nem sempre quando estamos nos movendo estamos verdadeiramente em movimento. E que no intrincar das duas pulsões descritas por Freud a de vida e a de morte, vamos nos "movimentando". Aprendi a duras penas que nem sempre estamos em pulsão de vida, mas que o desconforto da pulsão contrária, pode servir de impulso ou nos paralisar de vez. A escolha é individual, aceito e elaboro minha dor ou simplesmente a ignoro e procuro meios só externos para dar conta.

Viver é arte.

Todas as cores fazem parte.

Mas o dom mesmo é da gente

Em dar o tom e a luminosidade,

Carregar ou dar leveza,

Escurecer ou dar clareza,

Achar feio ou ver beleza,

Amar ou odiar.

Não há estranheza nisso!

Do íntimo lá da gente,

É preciso de atrever,

Dar corpo ao suceder...

Pois a arte da vida

É a "ARTE DE VIVER".

Voltando ao momento atual vivido antes da entrada na psicanálise, primeiro iniciei o curso e depois entrei em análise. Era como se estivesse em algo que não me pertencia, me pegava observando a mim mesma e me observava, mas não entendia o que me fazia estar desconfortável: vida corrida, trabalho em excesso, cansaço, pouco lazer, me perguntava e perguntava, sofria e continuava. A impressão era que não sobrava tempo para mim. Estava à beira de um ataque de nervos, me imaginava, doente e deitada na cama de um hospital, como a única maneira de parar ou descansar. Como assim? Às vezes ficamos loucos no mecanicismo e nem damos conta, vamos remando junto da maré e não nos olhamos verdadeiramente no espelho da vida e pior ainda, não nos escutamos. Tenho a impressão de que observamos o fora, pois olhar para dentro dá trabalho e requer muita coragem. Então, vamos seguindo muitas vezes com propostas que não batem com a própria ordem ou desordem interna de nós mesmos. Talvez isso explique um pouco do momento atual de doenças psicossomáticas e afins. Vamos partindo sem rumo e simplesmente atropelamos o tempo, que tempo? Sem tempo, no tempo.

Esse negócio de tempo e seu relativismo: podemos viver segundos como se fossem anos e anos como se fossem segundos, é uma mera ilusão, pertencente a cada um, não a cada era. O tic-tac das horas pouco importa para as emoções e a vivência interior. Pois tempo é movimento e ação interna, se estamos felizes em algo ou com alguém que amamos, horas passam como se fossem minutos.

Esse mecanicismo de cumprir tudo como um reloginho entranha em nossas veias e adormecemos achando que estamos movendo, movimento do corpo, pois paramos de pensar, enterramos nossas curiosidades e vivemos como robotizados esperando a morte chegar.

Cuidamos do corpo e esquecemos da alma.

Vida e morte andam de mãos dadas, não tem como mudar de plano sem viver uma boa morte, paradoxal, mas concreto, pois aceita bem a morte quem vive plenamente. Não me aprofundarei neste contexto de morte e vida, pois acho que temos também várias mortes em vida, mortes dos ciclos vividos, das perdas, das horas, dos dias, dos passos e assim por diante. Mortes necessárias para nossa evolução e caminhada na vida. Mas a pior das mortes é o esquecimento de si.

Uma análise é também passar por vários lutos, aqueles que fomos empurrando, negando e que não nos damos o direito de sofrer a dor da perda, e outros, das coisas que deixamos de fazer por medo, por, sem perceber, irmos criando um falso self para maior aceitação e nos acharmos dignos de sermos amados. Esquecemos de quem éramos e nos perdemos de nós mesmos. Acho que só esperamos a morte chegar sem perceber, pois até que isso se torne consciente, haja análise.

Se aventurar a sair da "Caverna" como diria Platão é algo que só sabe quem passa. Um íntimo e particular ritmo em direção à luz, sim, digo luz, pois é trazer à luz da consciência e decidir o que vai descarregar, pois não serve mais para você como adulto.

A vida é um bailar do que vai e vem.

Somam os dias e perdem os dias,

Somam as horas e perdem as horas,

Somam os passos e perdem os passos.

Seguindo o ritmo do ganhar e perder,

Tem que se atrever a viver.

Acho que se sentir um peixe fora d'água é uma boa maneira de pular na água, navegar outros mares, de se despertar ou, pelo menos, enxergar que algo não vai bem. Na verdade, para mudar de posição precisa-se estar necessitado. Como diz o ditado: "a necessidade faz o sapo pular".

No entanto, o que não vai bem é interno, pois o externo continua ou não sem a nossa permissão. A princípio, a mudança interna gera movimento externo, meio que o micro no macro.

Sai da bolha não é no bum, leva um certo tempo para isso, mas, sempre haverá um outdoor com promessa de felicidade instantânea, momento cultural paradoxal, promessas de felicidade e muitos sintomas de infelicidade. Na verdade, comecei a pensar, depois de alguns meses de angústia durante a análise, digo: foi o momento mais difícil o qual passei na minha vida. No entanto, disse para mim mesma: vou "bancar minha angústia" e ver o que ela tem para me dizer. Então, ultimamente, acho que a felicidade é saber aceitar nossas dores e tirar proveito dela, a tal da "falta" dita por Lacan e por meu segundo analista. Somos seres incompletos. E é isso que nos faz humanos, essa busca por algo evolutivo. Tirar proveito da angústia é avançar. Mas digo, de carteirinha, que arrancar a fantasia narcísica é uma aventura na dor. Se ver do avesso é encontrar lacunas ou arredar espaço para as lacunas que são suas e que ainda estão preenchidas pela voz do outro internalizado. Deixar o ideal inconsciente e compreender que a falta faz parte do humano é, do meu ponto de vista, aceitar a felicidade e a infelicidade, que porventura faz parte da vida. Todo caminho tem tropeços e imprevistos, se almejarmos o fim não aproveitamos e tiramos o maior valor do meio. Pois viver há de ser por viver.

DA PULSÃO AO CORAÇÃO

Sem espera de recompensa para a felicidade. A felicidade é estar na vida com todas as suas surpresas e imprevistos, estar vivo é isso caminhar no encontro, consigo, com outro, no entrelace dos encontros se faz a arte de viver.

A vida é para quem se atreve

A ser por ser.

Acreditar por acreditar.

Querer por querer.

Amar por amar.

A redundância de vida

É simplesmente viver por viver.

Somos seres duais e incompletos e é isto que nos faz avançar, desejar, diversificar, necessitar.

Muitas vezes o imperativo do "dever ser" entranha em nossas veias, ou em nossa mente mesmo, e vivemos uma vida "devendo ser ao invés de só ser".

O mal-estar se instala e corremos para procurar uma pílula ou uma outra fórmula que preencha nossa falta. Passado algum tempo repetimos tudo novamente, procurando algo externo que nos preencha, sem nos darmos conta que a falta de nós mesmos, faz falta.

Mas há de se condizer que somos seres faltosos, não literalmente de nós, mas algo em nós nos falta.

Não temos como separar o externo do interno, mas digo de carteirinha, que entrar em contato com o mais íntimo em mim, foi mágico, deve ser a tal da felicidade, que para muitos, vem em lampejos, pois é impossível estar feliz o tempo todo.

Se pensarmos que tudo se perde, ou melhor, se transforma, podemos perceber que a verdadeira mudança é interior, se não somos o que aparentamos, podemos sorrir mesmo não estando felizes e pessoas ditas alegres não tirariam a própria vida. Pois nem sempre a alegria é sinônimo de felicidade. Ser alegre ou se alegrar faz parte tanto quanto entristecer, mas felicidade é algo tão interno que não caberiam palavras que a preenchessem.

Felicidade eleva a alma e reflete no corpo físico, não pode ser o contrário.

Me atrevo a deduzir o ser humano como perfeitamente imperfeito, não olhando para fora, mas para meu próprio interior. Saber disso é dar a chance de me sentir pertencente às imperfeições e, na maioria das vezes, não queremos enxergá-las e isso dificulta, pois são delas que observamos nossas melhores qualidades, que são únicas, do sujeito da falta, mas completas na nossa incompletude.

## DE MEIO A MEIO

Meio Sol

Meio Lua

Meio sorriso

Meio lágrima

Meio casa

Meio rua

Meio vento

Meio brisa

De

Meio

A

Meio

Faz-me

Inteiro.

Freud, em sua obra O *Mal-estar na Civilização*, de 1930, já dizia que o ser humano experimenta o sofrimento por três vias: pela natureza, que com sua força causa estragos não dominados pelo ser humano. No próprio corpo, que adoece e envelhece e com as relações humanas, segundo ele, essa fonte é a que traz mais sofrimento ao homem.

Nesse mesmo contexto, Freud salienta que o ser humano cria caminhos para evitar o desprazer.

E deixa claro que a escolha é de responsabilidade de cada um, não havendo um método válido para todos. Até porque somos seres com características e desejos diferentes com metas almejadas distintas.

Cito aqui esta obra, pois foi um dos textos dele o qual me chamou mais atenção pela atualidade. Considero uma obra atemporal.

Sem entrar no meio de questões psicanalíticas sobre felicidade, pois acho que cada um é responsável diretamente pela sua e indiretamente, pelo bem-estar dos que os rodeiam.

No fundo, acho que são momentos que fazem a conexão da mente com o coração, do querer com o fazer, da sintonia, de ser você ou de estar consigo, conexão da alma com o corpo físico. Do entendimento de si. Na minha opinião o que mais nos aproxima de uma vida leve é o conhecimento e aceitação de si. Com seus defeitos vistos e não encobertos, pois assim ofuscam as qualidades. Estas são o que há de mais belo em nós e cada um tem sua capacidade de se fazer humano no seu maior ou mais elevado potencial.

Não é fácil chegar aos quase 50 anos de idade, não que ligue para a idade cronológica, muitas vezes me sinto bem mais jovem e outras mais velha que isso, depende do contexto. Então, como ia dizendo, chegar nesta idade e perceber que não gosta tanto dos afazeres domésticos, como imaginava que tinha nascido para isso: casa limpa e organizada.

Imaginava até sendo empregada doméstica (segredinho só nosso).

Nunca me achei inteligente, sempre tive mal-estar quando elogiada neste sentido, para falar a verdade nunca gostei de ser elogiada. Parece estranho, mas quem não tem suas estranhezas. Imaginem, você se pega não querendo fazer os afazeres que eram rotineiros e repetitivos em sua vida cotidiana. Como assim? É um choque, um baque, e agora, como dar conta do que não quero mais dar? A primeira questão que vem à mente é que se está enlouquecendo, pirando, surtando, o chão se abre. É como se a alma não quisesse mais voltar para a versão antiga, deseja voltar ao que foi perdido. Enlaçar novamente aquela versão, aquela que você nem lembrava mais que existia. E para isso, há de se ter coragem, determinação e força de vontade. Digo que esse caminho é árduo e saboroso, escuro e luminoso, impaciente e paciente. Acho que todas as ambivalências, de início, se encontram nele, depois o excesso vai sendo removido, garimpado. O que não faz genuinamente parte de você vai se retirando de fininho. Algumas coisas que faziam sentido passam a não fazer e vice-versa. Você acha que não vai dar conta, mas chega um momento que não há mais como voltar, ou segue ou paralisa, só restam essas duas opções. Na verdade, é como se virar do avesso e ao tentar desvirar, não ter como manter a posição anterior, pois aquela pessoa não é toda você. Fica apertado, sufocado para retomar o que era. Algumas fantasias vão sendo desamarradas e a realidade se parece por incrível que pareça mais fácil de lidar, porque você entende que só você é responsável por suas escolhas.

Me acho paciente, sou do tipo que pensa que está ruim para poder melhorar, lógico que isso é uma defesa estratégica ante sofrimento, mas é um traço meu, adquiri desde a infância. Tive que crescer e amadurecer antes da época para dar conta do que não entendia das questões familiares. Não fui uma adolescente danada, era inibida, mas dava conta dos meus afazeres. Foi o que aprendi desde cedo, dar conta para me sentir amada.

Agora, na fase adulta, comecei a perceber que é você com você mesma. É da nossa responsabilidade carregar e descarregar o que não faz mais sentido guardar.

Houve identificações necessárias para a formação da minha personalidade, que em parte é feita a partir do "outro". Mas agora compete a mim a rédea da caminhada.

Na verdade, andava meio cheia de bagagens que não eram minhas e a carga se tornou pesada e enfadonha. E é justamente nesse momento que pensamos ficar muito mal que para caminhar em direção à luz temos que deixar pelo caminho o peso que nos impede de movimentar, pois a luz é a própria caminhada e não está no fim, mas no início dela. No encontro com o pior de nós mesmos é a luz que avistamos, pois é da sombra que a enxergamos. A claridade é a trilha do novo caminho.

Outro dia ouvi de uma analisanda aflita com suas próprias escolhas e que começou a se enxergar. Que estava no "fundo do poço", mas agora sentia que estava escalando. E ela me disse: "já enxergo a luz". É dessa escalada que falo, o caminho percorrido que importa, não o fim. O caminho é a própria felicidade, na infelicidade, é o branco no preto, o tiro no escuro. É a luz, pois é nele que vamos abrindo espaço para o novo, para que o humano em nós se aventure. Nele que se esconde as nossas melhores habilidades, nossa riqueza interior, nossa subjetividade.

É na caminhada que observamos o que nos eleva e o que nos empobrece, não cabe aqui o material, mas o próprio do ser, é nele que progredimos como seres humanos pensantes e responsáveis pelo que desejamos.

A metáfora da vida é...

Uma folha em branco

Um rabisco

Uma semente

Um jardim

Um labirinto

Um caminho

Um encontro.

Estou começando a achar que sou mesmo decidida. Se fizer meus olhos brilharem e meu coração palpitar, vou, se não, não.

Dia desses a procura de um imóvel para comprar, achei engraçado a colocação da corretora, dizendo que poderia marcar uns quatro apartamentos por hora para eu avaliar, pois eu era do tipo que: gostei, fico um pouco mais analisando, não gostei, saio em menos de dez minutos. Olha aí a decidida me perseguindo novamente. É algo novo para mim, estranho falar isso, mas é, seria essa minha colocação. Pensando na vantagem disso, me veio agora a cabeça, ganhar tempo. Até para comprar roupa, por exemplo, nunca pego o que não gosto para experimentar e geralmente, só não levo se não vestir bem, pois até o valor, já avalio antes de provar. Quase nunca caio no papo da vendedora, tenho meu próprio filtro do ridículo. Digo: quase nunca!

Nunca fui de achar que as coisas caem do céu.

Sou do tipo que não pede nada a Deus nas rezas. Acho que seria injusto delegar algo para um ser superior, na posição de me achar merecedora, melhor ou mais que outras pessoas na mesma situação. Fico imaginando a dificuldade que ele teria para escolher, sem ser injusto, para quem oferecer a justiça. Mas não sou uma pessoa de pouca fé. Acredito que o bem colhe o bem.

Essa vibe de imaginar um mundinho "cor-de-rosa" e ele acontecer, também não é a minha. Somos seres humanos, pensantes e falhar, entristecer, chorar, desistir, voltar atrás, recomeçar, faz parte. Delegar as mazelas das nossas próprias escolhas aos outros ou ao Mundo e ainda achar que Deus tem o dever de nos levantar, a meu ver, é surreal. Se ele não estiver em nossos corações ou em tudo que vemos, será difícil de alcançar. Paro por aqui a este respeito. Cada um com sua opinião. Já dei, em parte, a minha. Que diz respeito a mim.

Amor rima com amar.

Amar rima com doar.

Doar rima com dar.

Dar rima com somar.

Somar: amor, amar, doar, dar.

Hoje fui a um velório. Ainda não falei, mas o momento atual, como dizem alguns, é nebuloso. Não gosto dessa palavra... Pois bem, fui ao velório do obstetra que fez o parto dos meus dois filhos, Gabriel e Larissa, esperados com muito amor. O doutor, já com 80 anos, não resistiu ao ataque do vilão da época, um microrganismo rápido e feroz, denominado Covid-19.

Nem tudo pode ser previsto pelo homem, mas os danos podem ser minimizados, com consciência e força de vontade. Essa forma de sofrimento vem no seu tempo e há de se ter processamento das coisas. Aqui caberia bem uma frase atemporal que gosto muito: "a união faz a força".

Não tenho muito mais o que falar a este respeito. Momento de dor, fé e esperança. Cabe a cada um de nós zelar por todos. Momento que parte da história mundial. Enfim, a vida é feita de momentos e devemos vivê-los, a cada época o tempo é nosso aliado mais íntimo. Tempo e ação lutam contra a agilidade e imprevisibilidade do minúsculo, mas amedrontador e sorrateiro Coronavírus. Avante, pois a vida não para a não ser que o vírus a pare. Seguir com consciência é a minha trilha. E estou aqui fazendo algo que toca o meu coração. Em que acredito, pois vem de mim, algo que surgiu inesperadamente e me pegou pelo corpo inteiro e me arrastou até a coragem de fazer a minha parte sobre a minha vida. Não penso em ditar teoria alguma, só dou vazão para as palavras que me tocam, pois bem, elas me tocam no coração e lançam na alma a minha própria canção.

## Poema da Quarentena

Tempo de desacelerar,

Tempo de acordar,

Tempo de sentir,

Tempo de agir,

Tempo de refletir,

Tempo de dormir,

Tempo de orar,

Tempo de meditar,

Tempo de união,

Tempo de compaixão.

De tudo que se ouve,

Ouça seu coração

E faça sua própria canção.

Adoro a frase que diz: "lembrei de você". É como magia, assume o papel da importância. Ser lembrado num dia comum sem hora nem data premeditada ou especial faz parecer que parte de nós está em outra pessoa. Me pego fazendo isso às vezes com pessoas queridas. Na era da rede social, acabo enviando algo que me chama a atenção e parece com alguém que conheço. Envio e escrevo a frase supracitada. Com várias carinhas, florzinha e coraçãozinho. Vê se pode, fora da rede não sou nada melosa, mas como dizem que o introvertido por fora é extrovertido por dentro, acho que isso procede para a minha pessoa.

Penso que nunca percorremos por caminhos tortos, mas que o torto nos acerta, não falando aqui no politicamente correto, não! Cada um tem seu jeito certo que é único e que não precisa colocar alegorias para aparecer. Máscaras são necessárias em sociedade, mas na intimidade, se não puder ser o que se é, o enfadonho toma conta, a monotonia se instala e o mar é calmo demais, mas nem sempre estará para peixe.

Ando querendo me surpreender, andei na linha reta por muitos anos. Quero me dar o direito de pisar fora dela quando achar necessário. Quero dar as risadas mais extravagantes, deixar comida no prato, sair sem rumo num dia de domingo, sem me questionar se devo estar descansada para iniciar a semana, pois o pior cansaço é o da mente, da mesmice, da inércia do fazer igual sempre. Quero ouvir música clássica e dançar axé.

Ah a música! Adoro, na verdade voltei a ouvir não faz muito tempo, era meu passatempo preferido na adolescência. Viajo, viro menina moça novamente, me apaixono, sofro, sorrio, canto, danço. É algo que me acalenta, me pega nos braços e me embala. Nem só de música vive o homem, mas a imaginação faz parte.

Disso não nego: a música faz minha alma levitar!

Não sou muito de abusar,

Mas disso não vou negar,

Uso sempre a meu favor.

Não peço licença,

Faço cara de paisagem,

Sapateio, choro

E até me dou um colo.

Nada feito!

Se quero me animar,

Tiro um bom proveito.

Se quero sossegar,

Também dou meu jeito.

Só preciso de um sentido,

Apurar os meus ouvidos

E usar a imaginação

Para ouvir uma canção.

Tem dias que desejo sair sem destino certo. Pegar estrada, viajar pelo Nordeste, parar na cidade que o limite do corpo pedir, sem me preocupar com a hora, ou se o hotel é bom, caro ou barato, só seguir o rumo e deixar-me surpreender. Contudo, entretanto, todavia, sem via de regras. Tem dia que me vejo na fazenda dos meus avós paternos, meu lugar mágico da infância. Tenho vontade de ouvir o mugido do boi, acordar com o cantar do galo, pescar, colher fruta no pomar, ouvir histórias mal-assombradas à luz da lua. Tem dias que só quero calmaria, sombra, sossego e muito amor.

Tem dias que a parte boa da minha infância transborda em mim. Enfim dou um colinho e aconchego para a minha menininha interior, fofuxa que tanto amo.

Não gosto de extremos, sou meio caminho do meio. Até rimou. Viram? Disse que falharia em algum momento. Esse foi o que percebi. Mas deixa explicar melhor, ou não explicar, já dei muitas explicações na minha vida. Não tenho a intenção de ser explicável aqui.

Esse negócio de radicalismo não é mesmo a minha "praia": peso demais, jejum intermitente, dieta da lua, do chá e por aí vai. Sou do tipo que pondero pela saúde, mas não fico vidrada em balança e afins. Pelo menos a esse respeito costumo pegar leve comigo.

Mas no rio rasinho da fazenda, me entregaria no leito dele neste exato momento.

## SONETO DO QUERER

Quero um sol morninho,

Um rio rasinho,

Mugido de boi,

Feijão com arroz.


Quero flores silvestres,

Correr na ladeira,

Chá de cidreira,

Conto de lavadeira.


Quero céu estrelado,

Manhã de neblina,

Água cristalina.


Quero aroma do campo,

Simples encanto,

Nem pouco nem tanto.

Estou gostando dessa brincadeira de escrever. Para quem achava que não sabia escrever nem carta, nem bilhete. Está sendo um salto, no entanto. É uma hora em que não penso, escrevo e pronto. Só preciso do meu silêncio. Acho que escrever deve ser parecido com meditar, nunca meditei ou, pelo menos, tentei. Mas as palavras surgem quando a mente está vazia. Não preciso me questionar, supor, calcular, não, nada de concreto. Escrever é uma teoria posta em prática. A prática do escritor e por conseguinte do leitor. Caminho mágico com idas e voltas, linhas retas e curvas tortuosas, chuva e sol. Escrever é aventurar-se é escalar o próprio interior e ir em direção a própria alma e quem sabe tocar a alma alheia. É sublime e sutil, corajoso e desvendador. Não preciso de convicção, me dou o direito de ser imperfeita e abstrata nesta hora. Percorro sem intenção de saber onde vou chegar. Só caminho e alinho ou desalinho as palavras.

Escrever é a arte de brincar. Viro criança, adolesço, amadureço. Viro meu próprio escrito. Sem sombra de dúvidas é luz. O melhor disso tudo é não ter medo de críticas, pois acho que, se assim fosse, as palavras seriam calculadas demais e ficariam amarradas, amassadas e rabiscadas.

Quem ler vai tirar suas próprias conclusões e ter o seu próprio ponto de vista, para que me preocupar, prefiro a arte de brincar e deixar correr livremente como um rio corrente.

Acho a escrita livre algo muito democrático. A imaginação é ampla tanto para o escritor quanto para o leitor. É como observar uma obra de arte abstrata. Cada um vê e sente o que tem dentro de si.

Sou eu quem escrevo, mas o outro é quem me interpreta.

Adoro misturar:

Cafuné com café,

Solitude com atitude,

Confiança com esperança,

Coração com canção.

O bom é que tanto na vida

Quanto no jogo das palavras,

Cada um tem seu jeitinho

De fazer rimar com carinho.

Outro dia li uma frase na rede social que me chamou a atenção, apesar de ser uma metáfora muito usada sobre desafios, mas que nunca tinha usado na minha lida diária, era sobre "matar um leão por dia", mas a frase lida dizia o contrário: "não é sobre matar um leão por dia, mas sobre os que damos vida dentro de nós". Como a escrita é livre para a imaginação do leitor, me fez refletir o quanto achamos que a dificuldade está no fora e colocamos nossa energia tentando, empurrar, escalar, sufocar, ultrapassar, ou seja, tudo que demande muito ar para respirar.

Mas e se ao invés disso alimentarmos nossos leões internos para vermos as coisas menos perigosas e com mais clareza. Se em vez de tentar matá-los, olharmos direto nos olhos deles, depois de bem alimentados, é claro! E perguntarmos o que eles querem de nós ou o que queremos deles. Será que as dificuldades não são mais internas do que externas? Será que o leão precisa mesmo morrer? Será que ele não nos trará energia para enfrentarmos nossas fraquezas? São muitos serás, mas a meu ver a resposta é subjetiva, pois cada um tem seu próprio leão e vai alimentá-lo com a quantidade de alimento que se dispuser a caçar para saciá-lo. Por fim, como já disse desde o início, não tenho a intenção de provar nada. Mas guardei, e não gastei muito ar, que me deu fôlego para ir à caça e alimentar o meu leão escritor.

Não deixando de observar aqui as dificuldades sociais e desigualdades, a fome e a miséria que também afetam o psicológico e a dignidade do ser humano. Penso que podemos fazer algo sobre isso nas urnas e ao nosso redor ajudando como podemos.

Brincando escrevo estes versos.

Pulando me faço voar.

Pintando coloro o dia.

Dançando me faço cantar.

Criando sou sempre criança

E minha alma se eleva no ar.

Numa noite dessas, atendendo online uma analisanda de 20 anos. Pois é, ainda não falei, mas para ser Psicanalista Freudiana tem que estar embasado num tripé: embasamento teórico, análise pessoal e supervisão. Atendendo a analisanda, essa me disse algo interessante: "achei que me conhecia, mas agora estou vendo que estou observando muitas coisas em mim que não me dava conta". Por essas e outras, eu não tenho como voltar atrás na transferência de trabalho com a psicanálise. Ouvir esses seres humanos, que a princípio não sabemos quem são e conquistarmos um laço transferencial, é algo que faz meu coração bater mais forte.

Uma característica minha é a dedicação, não consigo fazer nada atropelado. Tudo bem, ser um traço narcísico, sem problemas para mim isso a essa altura do campeonato. Sigo à risca minha devoção e vou no meu tempo, sigo o pulsar interior. Pensando bem, é até um paradoxo, sou tão ágil para realizar tarefas mecânicas, mas não gosto de nada "empurrado com a barriga". Enfim, por fim, mas sem fim, acabo de chegar à conclusão, por hora, que sou focada e hiperativa.

Todo sonho tem valor.

Não importa o que for.

Freud mesmo já dizia.

Sonho tem uma função,


Realiza um desejo.

Prioriza a intenção.

Não importa seu estado,

Faz passar o seu recado.

Sonho é sonho,

Dormindo ou acordado.

Sou do tipo que adora um ponto de exclamação. Não sei se isso é de pessoas entusiásticas, mas costumo usá-lo com muita frequência, quando vou responder mensagens de rede social, para amigos e conhecidos. Adoro um bom dia bem exclamado, acho que já devolve uma energia boa ao outro, um bom dia sem pontuação é como um dia sem entusiasmo, nada esperado. Essa semana ouvindo um mestre de filosofia para a vida, questionei se para fazer algo, deveríamos primeiro ter força de vontade. E ele me respondeu que antes de tudo deve-se ter entusiasmo, pois, só a força de vontade, parece forçado, empurrado. Depois de algumas horas tive um insight e me considerei entusiástica. Pois estou eu aqui cheia de entusiasmo escrevendo aleatoriamente, mas vibrando e indo em frente. Esse caminhar é o que me fascina, vencer cada dia um pouquinho, cada palavra escrita tem um sabor especial. Na vida o sabor deve ser do seu gosto para que as coisas fluam com leveza. O empenho faz parte, mas se o tempero não for seu, o final pode dar enjoo e má digestão.

O desafio é cheio de cores e sabores que quando misturados, formam algo único, não por ser exclusivo, pois várias pessoas podem preparar o mesmo alimento, no entanto, a diferença está no toque de mestre que cada ser humano tem, sua própria subjetividade. É isso que nos torna interessantes. Sermos múltiplos, mas únicos. Diversificados e qualificados, acho isso o máximo! Qualificados não por diplomas e afins, mas de habilidades internas que podemos explorar e avivar nossa centelha de criatividade, nata dos seres pensantes. Isso é mágico!!!!

## A MÁGICA

Ninguém resiste

A um chamado para brincar.

Brincar é contemplar o belo,

Dar risada de si,

Sair de bobeira por aí.

É atrever a fazer arte,

Pois colorir faz parte.

É tirar do labirinto da gente

O coelho da "cartola"

E encantar-se com alegria.

Brincar é magia...

Para quem acordava escrevendo poesias no bloco de notas do celular. Depois começou a recortar imagens da internet, papéis de carta e afins, jogar nos stories do Instagram, reescrever, printar e recortar. Pois é, estamos na era das redes sociais! e comecei a achar isso um máximo, produzir algo seu é bem entusiasmante! Uma amiga, na melhor das intenções, me disse que tinha um aplicativo que "floreava" postagens nos stories, dava para colocar música e outras coisitas mais. Eu com muita delicadeza, respondi que o barato era escrever, procurar o plano de fundo, recortar, e que isso era a minha arte, do meu jeito e que assim ao final eu via o resultado do que parecia comigo.

Confesso a vocês que o bloco de notas é o meu aliado, é o que estou em mãos quando tenho uns insights de escrita. Mais prático que caneta e papel. Até algumas páginas desse livro passaram primeiro por lá. Cada época com seus objetos tecnológicos e cada um escolhe o que quer para seu auxílio. Estou começando a pensar que realmente, quase nunca fui "Maria vai com as outras", nada contra, a esse respeito, mas é uma observação sobre a minha personalidade que ainda não tinha observado.

Como já disse, não costumo ser radical, não gosto de extremos. Alisei meu cabelo cacheado, achando que seria mais prático e era moda da época. Não que me arrependa dos longos anos que repeti esse processo. Um dia, simplesmente resolvi que voltaria os meus cachos. Quando comecei o processo falei para algumas pessoas, ouvi incentivos e críticas negativas, até que cabelo cacheado era "cabelo de pobre". Entretanto, mas nem tanto, como sou decidida, e agora certa disso, me mantive no meu propósito, se foi fácil, digo que não, cada dia era uma vitória, como para qualquer processo novo que iniciamos. Ao final de dois anos, estava eu com meu cabelo cacheado e volumoso novamente. As vantagens são que hoje em dia tem vários produtos para esse tipo de cabelo, testei vários, tenho uma compulsãozinha básica nisso. Dá trabalho? Sim dá. Mas a liberdade compensa o processo de manutenção. Como toda liberdade exige responsabilidade, sou responsável pela minha nova escolha. É só uma escolha da Priori. De lisa para cacheada, eu com minhas próprias curvas capilares, minha juba particular. Meu leão alimentado, mas não domado, pois acorda "Estilo Black", brinco comigo mesma no espelho. É até divertido. Ri de si é uma diversão íntima, mas não solitária e sim solidária. De solitude um tipo de solidão na companhia de si. É bom de vez em quando experimentar conversar consigo na segunda pessoa, fica mais impessoal, soa menos egoísta. É uma observação interessante, se questionar, se elogiar, se confrontar, pode surtir efeitos mágicos.

Se a vida é ou não

"Um mar de rosas"

Como diz o dito popular.

Não sei como explicar.

Mas sei que rosas têm

Espinhos, cor leveza,

Aroma, ciclos...

E a função do seu viver

É ser e florescer.

Estou eu aqui na meia idade, florescendo.

Abrindo caminhos nunca trilhados, estrelando na minha própria calçada da vida, da lida, da ida, na avenida ao som do batuque do meu coração.

Às vezes precisamos sair da trilha para encontrar o centro, nosso epicentro, nosso local seguro, onde nos deitamos ao ar livre, na liberdade da alma. Pode-se tudo, brisa e ventania, canto e cantoria, música e melodia sendo noite ou sendo dia. Nessa rima toda, deu quase uma poesia.

Essa veia poética me pegou de jeito. Estava escondida e foi desvelada, para minha surpresa. Foi surpreendente e arriscado. É como engolir peixe vivo para aprender a nadar. A força é sua e o mérito é do minúsculo peixinho. Já fiz algumas vezes isso na infância. A imaginação é a mesma de uma criança sedenta por aprender algo novo, por testar sua força e sua inteligência. Tudo é surpreendente e arriscado ao mesmo tempo. Ao final você olha e se pergunta, consegui fazer isso? A diferença é que todas as decisões são de sua responsabilidade e risco.

É o arriscar que faz você avançar, se não tiver um pouco de aventura, nada perdura. Mesmo que com os pés no chão deve-se abrir o próprio caminho. A escolha da trilha é por sua conta. Cada um tem seu próprio tempo de crescimento e amadurecimento.

Cada espaço desbravado e preenchido é uma conquista, cada passo que tem que ser recuado é um aprendizado, cada clareira avistada é o fim de um processo. Não há plateia é você e sua relação transferencial, o laço que sustenta uma análise. Mas que deve ser desfeito no final, onde sobrará você e toda bagagem que conseguiu carregar durante essa trilha rumo ao desconhecido, mas íntimo mundo interior.

Desbravar-se é poder de decisão. A decisão do que vai carregar ou deixar pelo caminho trilhado. É remover e criar espaço para que o melhor de si aflore e dê as flores e frutos da sua escolha.

Nós temos a estranha mania de querermos acertar sempre e de primeira. Queremos às vezes pular as etapas do aprendizado, portanto, o que verdadeiramente nos faz evoluir. Não nos contentamos muito com recuadas, só queremos os avanços, e nos dias de hoje, rápidos avanços.

Olhando a minha trajetória nunca tive muita dificuldade com recuos. Não me importo se ao chegar ao final de um processo de aprendizado, repense se está me fazendo bem ou não, pois o termômetro é interno, nós que muitas vezes exteriorizamos para dar conta, deslocamentos acontecem, esse processo nem sempre é fácil, o Eu e seus mecanismos de defesa se põe à frente para evitar enfrentamentos que por ventura o ameaçarão. Não é surpresa nenhuma, pois temos muitas vezes dificuldades de largar até o que nos faz sofrer.

Esse masoquismo herdado lá na tenra infância pode se estender até a idade adulta.

Deixar certas coisas é poder dar a chance de se deparar com o melhor de si. Não um melhor comparativo com outros. Evoluir para mim é isso, tirar proveito do que achamos não ter importância, são nas entrelinhas que habitam nossos verdadeiros sonhos. São nas tempestades, aceitas que encontramos forças para renovar e fazer algo parecer no fora um pouco com o que se parece por dentro, no íntimo, bem particular de cada um. É nesse encontro, nesse acaso, que mora a subjetividade. Digo que é uma sensação de pertencimento.

Certa de que nada é certo, tudo é movimento, mas nada é tão nosso como nós mesmos.

Não fazer o que se parece com sua própria ordem ou desordem interna é viver o desejo do outro e enfraquecer o seu próprio Eu. É viver na sombra do falso Self, que deve até ser útil às vezes, mas não todas as vezes.

Se nos perguntássemos quem somos nós, será que saberíamos sinceramente responder? Me fizeram essa pergunta em análise e só depois de algum tempo comecei a observar o que era meu e o que era projeção do outro mais íntimo, daqueles que nos guiam desde a tenra infância, pois muitas identificações que serviram para a formação do nosso Eu, não nos servem mais e vou repetir que podemos sim escolher as bagagens que vamos largar para que a vida fique mais leve ou melhor, para que fiquemos mais leves, o resto é consequência.

Meu segundo analista me falou algo que eu não esqueci, que vibrou em mim, que eu deveria ser o centro e colocar cada pessoa em seu devido lugar, psiquicamente.

Por medo da liberdade, deixamos de evoluir, de dar leveza a nossa alma, pois viver mecanicamente é fácil, mas vibrar interiormente e sentir aquele gostinho de estar fazendo a coisa certa. Essa sensação, não tem preço. Entender que essa coisa certa, não precisa ser certa de certeza, mas de entendimento, de movimento, de ritmo, de desejo pela vida, por estar vivo, por estar lutando, por estar tentando.

Viver é isso...

Fazendo a comparação

De um jardim

Com a vida da gente

Não dá para ser diferente.

Quando inverno

Se aduba e fortalece

Para a primavera

Que floresce.

Comentei com algumas amigas que estava escrevendo um livro, não sou do tipo que esconde esse tipo de coisa, não acredito que o outro tem o poder da colocar "olho grande" e por isso suas coisas não darão certo. Até porque é só um livro, e cada um com suas crenças.

O mais engraçado foi quando comentei com minha filha de 19 anos. Que logo me questionou do que se tratava o livro. Só respondi: no momento:

– Um livro.

Não se contentando teve outra devolutiva:

– Mas se é livro tem que ser de alguma coisa né mãe!

Minha associação do momento foi rápida:

– Pode ser do que o leitor preferir associar. Cabe a ele se identificar ou não com a leitura e tirar suas próprias conclusões.

No entanto, sem entrar em muitos detalhes, encerrei a conversa e continuei escrevendo. Se fosse em outra época, ficaria pensando ou preocupada de me questionarem sobre do que seria o livro. Mas, confesso para vocês, que se me preocupasse com isso desde o início, não sairia espontaneidade. É como entrar num setting analítico. Caso se preocupe com o que vai falar a coisa não flui. Falar o que vier à cabeça. Essa é a técnica da associação livre. Associar as ideias livremente, sem julgamentos prévios. Então, digo de coração, que este livro no qual estou me atrevendo a digitar. É livre de preocupações, livre de amarras burocráticas, livre de prejulgamento. É livre. Só isso.

Juntei minha atual veia poética e me aventurei em algo maior, não sei se mais elaborado, mas mais extenso, desbravei alguns quilômetros, percorri mais estradas e mais dias estão sendo necessários. Sai do rio e entrei no oceano.

O mais interessante que as amigas as quais comentei, logo me indagaram, quase afirmando, que sabiam que era um livro de poesia. Percebi a surpresa quando respondi que não. Mas nenhuma me questionou do que seria, só a minha filha, é claro! Sem problemas com isso, foi cômico para mim.

Sou as coisas que me inspiram.

Não sou mais nem menos.

Sei ser sol em dia nublado.

Vento em dia parado.

Mar se for para salgar.

Lua quando a saudade apertar.

Música para acalentar

E amor seja o que for.

Às vezes tenho a impressão de que a vida é quem nos leva e não o contrário. Estou aqui escrevendo. Quem diria? Nem a minha pessoa nunca imaginaria isso. Por isso esse negócio de pensar em destino, às vezes me deixa meio balançada. Mas sei que esse assunto é controverso. Não pretendo ter certeza de nada, pois a vida é uma escola e aprende que não tem muitas convicções, ter algumas a seu respeito já está de bom tamanho.

Se primeiro vieram os poemas e depois o livro que se encaixou com os poemas, enfim tudo está interligado.

Vamos juntando aqui e ali o que aprendemos e desaprendemos e somando experiências e desafios, nos tropeços e acertos, crescemos ou decrescemos, o aprendizado não é algo dado e quem constrói é a gente.

Se esperar que outro trilhe seu caminho, pode enterrar os seus desejos mais íntimos junto com eles suas melhores vibrações, sua melhor arte, seu melhor desafio. Sua melhor potência.

Não precisa ser inteligente, estudioso, diplomata para produzir algo que se pareça com você. Acho que não. Mas há de ter amor, no final tudo se resume a isso. O amor é o que nos direciona ao encontro dos sonhos reais, aumenta a amplitude do olhar, amplia a lente interna e ilumina o caminho externo.

Não me questionei se daria conta. Quando você faz algo que flui livremente o que menos importa é o dar conta, na conta, já está pago. Sem empréstimo, é a vista mesmo, no presente que tudo acontece. Na "raça e na coragem", como diz o ditado. Questionar se dará conta, é como se já começasse desacreditando.

Segue as batidas do seu coração e vai. A única coisa que deve ser feita é se responsabilizar, por todo o percurso andado e todas as variações de direção deste. As escolhas frente às intempéries são todas suas.

Aqui foi assim, não me questionei o que pretendia com isso para não viver o fim e deixar de observar as belezas do caminho. Em alguns momentos, não vou negar que hesitei, mas não pensei em desistir. Isso na verdade já era um dar conta da minha vida, bancar o meu desejo, minha veia poética, aflorada no Setting psicanalítico.

Já me perguntei se era loucura. Ah! Isso sim. Mas no fundo foi uma dose de loucura que me faltou até aqui. Sai da caverna e ver o que havia lá fora, foi o que fiz. Remar um pouco fora da multidão e descobrir uma aptidão que faz meu coração palpitar a cada palavra escrita. Percebi que de médica já tinha um pouco, só me faltava um pouco da louca, da leoa de juba cacheada, alimentada, mas não totalmente domada ou domesticada.

Domesticação demais inibe o pensamento criativo. Vira-se como robotizado, faz-se para dar conta do que foi ensinado, do jeito certo do outro.

Em uma era de múltiplas escolhas deve-se escolher aquela que se parece com você, onde possa bancar sua criatividade em meio a tantos que fazem a mesma coisa, o que não é o mesmo que igual.

Não estou falando aqui de ser rebelde e não escutar os outros ou prestar atenção a seu redor, aos ensinamentos dos mais sábios. Estou dizendo de algo que dita o acreditar em si, que se é capaz de produzir algo, dar conta de si mesmo estando acompanhado. De dizer não quando você se afasta da sua alma. Da coragem de se enxergar com seus defeitos e fazer dar frutos as suas habilidades. Típicas dos seres que pensam. Nem digo qualidades, não acho que devemos ser qualificados e sim subjetivos.

Diante de muita oferta de praticidade, ser subjetivo é criar um caminho árduo e sublime. Pois se quiser evitar sofrimento, vai ter que esperar de braços cruzados então. Se achar que merece, vai ter que aguardar a vinda desse merecimento que pode não chegar nunca. Esperar merecer para ser feliz e realizado é amarrar o próprio pé aos pés dos outros e ter que caminhar com eles mesmo que não seja da sua vontade. Mesmo que sua direção avistada seja outra, então, a felicidade pode passar do seu lado, mas não em seu interior.

Se sentir vivo e firme já é um bom começo.

Com ou sem alegoria

Que dentro de nós

Não se perca

Nossa dose

De folia.

Liberdade é não precisar dar conta de algo que se propôs para se sentir amada ou admirada, mas sim para se sentir viva. E isso é sentir o próprio amor. Pois viver intensamente não é fazer tudo que deseja, mas o que toca no que há de mais belo em si e te tira da posição confortável, mas desconfortável a tal zona de conforto. Te confronta e te faz mover em direção ao novo.

Novo não é chegar na virada de ano e pedir todas as coisas repetidas novamente. É iluminar ou decidir o que não carregar em direção ao novo, pois "de novo" soa como amarrado, emaranhado. Deixei isso só para as madeixas, que já está de bom tamanho.

Se o medo faz parte, respondo que sim. Às vezes temos que o ouvir para dar uma freada, outras deixamos ele do nosso lado, só para ficar achando que tem movimento, pois a coragem tem que ter suas espertezas e artimanhas, sua mágica. E tirar o coelho da cartola, todas as vezes que o medo for mais amedrontador, despistá-lo é uma boa opção.

Em alguns momentos há de se parar e refletir não no que vão pensar, mas no que dizem de você, ou seja, se está mesmo no caminho que escolheu ou algo te fez desviar. Desvio e atalho podem até fazer parte, se for da sua escolha. Falando assim, soa egoísta. Não estou falando aqui de sair atropelando tudo e a todos, muito pelo contrário, que as pessoas fiquem no lugar que preferirem ficar. A meu ver egoísmo é deixar de ser para parecer, é querer que o outro faça igual a você. Isso eu aprendi a duras penas, que só me dou o direito de ser quem sou se der ao outro esse mesmo direito, caso contrário fica algo forçado.

A liberdade em respeitar as diferenças e tirar proveito disso é imensa. Não estou dizendo, que temos que ficar insensíveis e aceitar tudo que vem do outro. Estou dizendo que quando você se aprofunda na sua verdade, fica mais fácil não se afetar com o que vem de fora. Para mim é um estado de felicidade poder compartilhar mais que se chatear.

Entendo das defesas necessárias do ego.

Essa escrita aqui para o conceito Freudiano de defesas e destinos das pulsões é uma sublimação da "libido". A arte em geral é um mecanismo de defesa do ego, segundo Freud. E que bom que ela existe! Se não, a vida seria monótona e sem brilho. Que eu possa tirar um bom proveito dessa tal sublimação.

A arte é o pulsar da civilização!

Nós, seres humanos, com todas as nossas contradições e conflitos, movido por pulsões que estão além do nosso entendimento, confusos e lúcidos, culpados e calmos, satisfeitos e insatisfeitos, esperançosos e desesperados, egoístas e altruístas, corajosos e com medo. Somos interessantes por nossas peculiaridades e com isso somos criativos e dinâmicos, pois viver é uma arte.

## SIMPLES

Não costumo datar um poema:

É algo tão íntimo e tão livre...

Tão preso e tão solto...

Tão meu e tão nosso...

Tão escrito e tão sentimental...

Tão no tempo e tão atemporal...

Tão silencioso.

Hoje acordei e decidi que vou encerrar este ciclo ou este livro mesmo. Desbravei até uma clareira e a opção é seguir a nova estrada ou parar e apreciar a vista. Resolvi a Priori apreciar a vista.

Vou me dar ao luxo de ler minha obra de arte escrita. Degustar cada página como se fosse nova. A minha novidade!

Soa quase egoísta, mas a princípio é meu. E pode ser de quem se atrever a ler.

E para você que sentir esse desejo, desejo desde já, o que você desejar.

Na última página não me atreverei a deixar poesia, pois cada um com sua história, dores e delícias.

O caminho percorrido por um não vale para todos.

A escolha é de cada gosto. A meu gosto me adentrei num setting analítico e mais profundo no meu interior.

Tenho muito que desbravar ainda. Sou apenas uma eterna aprendiz.

Desejo a você uma boa leitura!

# POESIA